신성한 코를 가진 소년

ដេកក្មេងច្រមុះ

글_훈쏜쌔타(캄보디아어·한국어), 남혜미(영어)
그림_남혜미

옛날 옛적에 한 부부에게 아들 한 명이 있었어요.
부부는 외동 아들을 키우면서 매우 자랑스러워했어요.
아들은 똑똑하고 부모의 가르침을 잘 듣고 공부도 열심히 했어요.
동네 주민들은 꼬마가 똑똑하다고 칭찬하고 냄새도 잘 맡는다고 해서
꼬마에게 "신성한 코를 가진 소년"이라는 별명을 지어주었어요.

그 이야기는 계속 퍼져서 왕궁까지 소문이 났어요.
어느 날 이 소문은 왕에게도 전해져서, 왕은 '신성한 코 꼬마'의 지혜를 알아보고 싶어 했어요.
왕은 신하에게 포도주 한 통을 자기 왕실 뒤에 갖다 놓으라고 했어요.

그 다음에 왕은 신하에게 '신성한 코 꼬마'를 궁전으로 데려오라고 명령했어요.
신하들은 바로 출발하였는데, 그 동네에 도착하자마자 비가 엄청 내렸어요.
그러나 곧 '신성한 코 꼬마' 집에 도착했어요.

កាលពីព្រេងនាយ មានប្ដីប្រពន្ធពីរនាក់មានកូនប្រុសម្នាក់ជាទីស្រឡាញ់ ឪពុកម្ដាយមានមោទនភាពចំពោះកូនយ៉ាងខ្លាំងព្រោះ គេ ជាកូនទោលនៅក្នុងគ្រួសារ។ ក្មេងប្រុសម្នាក់នេះមានប្រាជ្ញាឈ្លាសវៃ ចេះស្ដាប់បង្គាប់ឪពុកម្ដាយ រៀនសូត្រក៏ពូកែទៀតផង។ អ្នកភូមិនិយាយថា គេជាក្មេងប្រុសដែលឆ្លាតហើយពូកែ ខាង ហិតក្លិនផងដែរ អ្នកស្រុកដាក់ឈ្មោះឲ្យគេថា "ចៅច្រមុះទិព្វ"។

ការនិយាយតៗគ្នានេះ ក៏ល្បីសុះសាយដល់រាជវាំង។ មានថ្ងៃមួយ ពាក្យ ចចាមអារ៉ាម នេះក៏ជ្រួតជ្រាបដល់ព្រះមហាក្សត្រ ព្រះអង្គ ចង់ដឹងខ្លាំងណាស់ ក៏មានព្រះទ័យចង់សាកល្បងប្រាជ្ញាជាមួយចៅច្រមុះទិព្វ ក៏ទ្រង់បញ្ជាឲ្យរាជអាមាត្យយកស្រាមួយឪទឹនទៅទុក នៅខាងក្រោយព្រះរាជដំណាក់។

បន្ទាប់មកព្រះអង្គក៏បញ្ជាឲ្យរាជអាមាត្យពីរនាក់ទៅសែងចៅច្រមុះទិព្វចូលរាជវាំង។ ពួកគេក៏ឆាប់ធ្វើដំណើរចេញទៅ។ ពេលទៅដល់ ភូមិនោះ ភ្លាមស្រាប់តែមានភ្លៀងធ្លាក់យ៉ាងខ្លាំង ហើយក៏មកដល់ផ្ទះ ចៅច្រមុះទិព្វនោះដែរ។

두 신하는 왕의 말씀을 꼬마의 부모에게 전달했어요.
그런 후에, 꼬마를 궁전에 데려가기 위해 가마에 타라고 했어요.

왕궁으로 가는 동안 밭과 숲 주위에서는 수많은 맹꽁이가 울었는데요.
'신성한 코 꼬마'는 우연히 "잉도 죽고 우엉도 죽을 것이다."라고 이야기했어요.

신하들은 이 말을 듣자마자 깜짝 놀라고 너무 무서워서 가마에서 내렸어요.
그리고 '신성한 코 꼬마'에게 말했어요. "우리 둘은 죽고 싶지 않아. 우리를 제발 살려줘."라고 애원했어요.

'신성한 코 꼬마'는 그 말을 듣고 왜 살려달라고 하는지 생각해보니
이 두 사람의 이름이 아마도 '잉'과 '우엉'인 것 같았어요.
그래서 꼬마는 사신에게
"왕께서 너에게 궁전 왕실 뒤에 있는 포도주 한 통의 냄새를 맡아 보게 하려는 것 같다."고
알려주었어요.

រាជអាមាត្យទាំងពីរនាក់បានជម្រាបរឿងនេះដល់ឪពុកម្ដាយរបស់ចៅច្រមុះទិព្វតាម
ព្រះរាជបញ្ជា។ បន្ទាប់មកក៏សុំចៅច្រមុះទិព្វ ឡើង អង្គុយលើគ្រែស្នែងដើម្បីសែង
ចូលរាជវាំង។

ពេលកំពុងធ្វើដំណើរតាមផ្លូវ ស្រាប់តែមានហ៊ីងជាច្រើនយំទ្រហឹអឺងកងនៅតាម
វាលស្រែ និងគុម្ពោតព្រៃ។ ចៅច្រមុះទិព្វបាននិយាយដោយចៃដន្យថា "មិនបាច់
យំទេ ថ្ងៃនេះអាអឹងក៏ងាប់ អាអ៊្លួងក៏ងាប់ដែរ"។

រាជអាមាត្យគ្រាន់តែឮពាក្យនេះភ្លាម ពីរនាក់បងប្អូនភិតភ័យជាខ្លាំងក៏ឈប់ដាក់
គ្រែស្នែងចុះអង្វរចៅច្រមុះទិព្វថា "សូមមេត្តាជួយពួកខ្ញុំម្ដងទៅ យើងទាំងពីរនាក់
មិនចង់ស្លាប់ទេ"។

ចៅច្រមុះទិព្វគិតក្នុងចិត្តថា "ហេតុអ្វីបានជាគាត់និយាយដូច្នេះ ប្រហែលគាត់
ឈ្មោះ អឹងនិងអ៊្លួងហើយ" ទើបសួរទៅវិញយ៉ាងមឹងម៉ាត់ថា "អីយ៉ា បើអីចឹង
លោកប្រាប់ខ្ញុំមកមើល៍ តើព្រះរាជាហៅខ្ញុំទៅមានការអ្វីដែរ"។
ឲ្យតែពួកយើងគ្មានកំហុសខ្ញុំនឹងប្រាប់ឯង គឺព្រះអង្គឲ្យឯងទៅមើលដើម្បី
ហិតក្លិនស្រាមួយឪទីននៅក្រោយព្រះរាជដំណាក់ (អាមាត្យឆ្លើយប្រាប់)។

궁전에 꼬마가 도착하였어요.
왕은 꼬마에게 말하길 "이봐! 자네가 냄새를 잘 맡는다고 들었는데
이 근처에 이상한 냄새가 있는지 알아맞혀 보게나."라고 하셨어요.
'신성한 코 꼬마'는 "왕실 뒤에 포도주 한 통이 있습니다."라고 말했어요.
왕이 깜짝 놀라 눈을 크게 뜨면서 "오, 훌륭하다, 훌륭해! 나이도 어린데
정말로 잘 알아맞히는구나."라고 말했어요.
그리고 꼬마에게 선물을 주라고 신하에게 명령하셨어요.
'신성한 코 꼬마'는 너무나 기뻐서 바로 집으로 돌아왔어요.

일주일 뒤 왕은 다시 신하를 불러 '신성한 코 꼬마'에게
"나흘 뒤, 깔끔하게 옷을 입고 왕을 만나러 오라고 통보하라."고 명령하였어요.
신하는 즉시 왕의 명령을 꼬마에게 전달하였어요.

លុះទៅដល់រាជវាំង ព្រះរាជាមានបន្ទូលថា "មើល! ចៅច្រមុះទិព្វ យើងឮគេនិយាយថា
ឯងនេះពូកែដឹងក្លិនណាស់ ចូរឯងគិតទៅមើល តើមានក្លិនអ្វីចម្លែកនៅទីនេះ"។
ចៅច្រមុះទិព្វ ទូលតបវិញថា "ក្រាបទូលព្រះអង្គ ទូលព្រះបង្គំដឹងថា មានស្រា
មួយឆ្នាំងទីននៅខាងក្រោយព្រះរាជវិណាក្រាបទូល"។ ស្ដេចបើកព្រះនេត្រ ធំៗ
សរសើរថា "អស្ចារ្យមែនៗ ឯងនៅក្មេងសោះ ហេតុអ្វីក៏ពូកែខ្លាំងម្ល៉េះ ឱបរាជ!
យករង្វាន់មកជូនចៅច្រមុះទិព្វ"។ ចៅច្រមុះទិព្វសប្បាយចិត្តណាស់ដែលបាន
ទទួលរង្វាន់ហើយក៏ត្រឡប់ ទៅផ្ទះវិញ។

មួយសប្ដាហ៍ក្រោយមក ស្ដេចក៏បញ្ជូនរាជអាមាត្យនាំ ព្រះរាជសារមួយច្បាប់
មកជូនចៅច្រមុះទិព្វក្នុងសារនោះសរសេរថា "បីថ្ងៃទៀត ឱ្យចៅច្រមុះទិព្វ
រៀបចំខ្លួនឱ្យបានស្អាតដើម្បីចូលរាជវាំងគាល់ស្ដេចម្ដងទៀត"។ គ្រាន់តែអាន
សំបុត្រចប់រាជអាមាត្យក៏ត្រឡប់ទៅ វិញបាត់ទៅ។

'신성한 코 꼬마'는 너무도 걱정이 되어서 잠도 못 자고 밥도 제대로 못 먹었어요.
불안한 얼굴 표정을 지으면서 "며칠밖에 안 남았는데 정답을 못 맞히면 큰일이 난다.
아마 사형을 당할 지도 모르겠다."고 중얼거렸어요.

ចៅច្រមុះទិព្វខ្វល់ខ្វាយយ៉ាងខ្លាំង ដេកក៏មិនលក់ ញ៉ាំបាយក៏មិនឆ្ងាញ់ អង្គុយសំកុក
ម្នាក់ឯងទឹកមុខក្រៀមក្រ ស្រគុតស្រគំគិតមិន យល់ហើយ រអ៊ូតិចៗម្នាក់ឯងថា
"នៅសល់តែមួយថ្ងៃទៀតតែប៉ុណ្ណោះ បើឆ្លើយមិនបានត្រឹមត្រូវទេពិតជាយ៉ាប់
ហើយ ប្រហែល ជាត្រូវកាត់ទោសប្រហារជីវិត ផងក៏មិនដឹង"។

'신성한 코 꼬마'는 고민을 계속하다가 갑자기 좋은 아이디어가 떠올랐어요.
꼬마는 이발소에 가서 이발사에게
"내가 궁전에 들어가야 하니 깔끔하고 멋지게 이발을 해달라."고 부탁했어요.
이발사가 열심히 이발을 하고 있는데,
갑자기 꼬마가 얼굴을 움직여서 그만 칼에 코 앞 부분이 베여서 피가 나기 시작했어요.

ចៅច្រមុះទិព្វគិតហើយគិតទៀតក៏មានគំនិតមួយដើរទៅរោងកាត់សក់ ហើយប្រាប់
ជាងកាត់សក់ កាត់ឲ្យបានស្អាតដើម្បីចូលរាជវាំង នៅថ្ងៃស្អែក។ ជាងក៏ចាប់ផ្ដើម
កាត់សក់យ៉ាងផ្ចិតផ្ចង់បំផុត។ ពេលនោះចៅច្រមុះទិព្វក៏ធ្វើជាងាកមុខចេញ
ហើយកាំបិតការក៏បាន មុតចុងច្រមុះចេញឈាមមួយរំពេច។

다음날 꼬마는 단정하게 옷을 입고 혼자 궁전에 갔어요.

궁전에 도착하니 많은 신하들이 왕과 같이 있었어요. 꼬마는 왕에게 인사를 하였어요.

왕은 "신성한 코 꼬마! 여기서 이상한 냄새를 맡을 수 있느냐?"고 물으셨어요.

'신성한 코 꼬마'는 말했어요. "제가 코를 다쳐서⋯ 이제 그런 능력이 사라졌습니다."라고 말했어요.

ស្ងែកឡើង គេរៀបចំខ្លួនយ៉ាងសមរម្យហើយចេញដំណើរទៅក្នុងរាជវាំងដោយ
ខ្លួនឯង។ លុះពេលទៅដល់រាជវាំង ក៏ចូលទៅគាល់ ស្ដេចដែលមានរាជអាមាត្យ
ព្រមទាំងមហាសេនាកំពុងអង្គុយបើបាមជាច្រើន។ ព្រះរាជាមានព្រះបន្ទូលថា
"មើលចៅច្រមុះទិព្វងគិត ទៅមើល តើមានអ្វីចម្លែកនៅទីនេះ?" ចៅច្រមុះ
ទិព្វទូលតបវិញថា "ក្រាបទូលព្រះអង្គ ច្រមុះរបស់ទូលព្រះបង្គំនៅពេលនេះ
ខូចបាត់ ទៅហើយ វាគ្មានប្រសិទ្ធិភាពទៀតទេក្រាបទូល"។

왕은 '신성한 코 꼬마'의 답변을 바로 수긍했어요.
그리고 꼬마의 가족들을 도와주려고 꼬마에게 돈을 주었어요.
왕은 "앞으로는 내가 너를 귀찮게 하지 않겠다.
하지만 너는 공부를 열심히 해서 어른이 되면 꼭 나라를 위해 봉사해야 한다."고 말씀하셨어요.

ព្រះរាជាមិនបានដាក់ទោសកំហុសអ្វីដល់ចៅច្រមុះទៀតនោះឡើយ ថែមទាំង
ជូនមាសប្រាក់ខ្លះៗដើម្បីព្យាបាលច្រមុះ និងផ្គត់ផ្គង់ ជីវភាពគ្រួសាររបស់គេ
ទៀតផង។ស្ដេចមានព្រះបន្ទូលទៀតថា "ចាប់ពីពេលនេះតទៅ យើងឈប់
រំខានឯងទៀតហើយ ប៉ុន្តែឯង កុំភ្លេចត្រូវតែខំរៀនសូត្រឱ្យបានច្រើន ដល់ពេល
ឯងធំពេញវ័យឯងនឹងអាចធ្វើការបម្រើប្រទេសជាតិយ៉ាងល្អប្រសើរ"។

'신성한 코 꼬마'는 무사히 집으로 돌아갈 수 있게 되어 너무도 기뻤어요.

그리고 왕이 말한 것처럼 열심히 공부했어요.

꼬마는 부모와 교사들로부터 교육을 받았고, 아주 훌륭한 모범학생이 되었어요

꼬마는 어른이 될 때까지 계속해서 열심히 공부하였어요.

꼬마는 훗날 훌륭한 지식인이 되었고, 나라와 국민들을 위해 일했어요.

그래서 사람들에게 매우 훌륭한 위인으로 남게 되었어요.

(적절한 시간은 자신을 변화시키고 미래에 행운을 가져온다.)

ចៅច្រមុះទិព្វ សប្បាយចិត្តណាស់ដែលបានត្រឡប់មកផ្ទះវិញ ទឹកខំរៀនសូត្រតាម បណ្ដាំព្រះរាជា។ ជាការពិតណាស់ ចៅច្រមុះទិព្វ គឺជាសិស្សពូកែ ហើយជាសិស្ស គំរូម្នាក់នៅក្នុងថ្នាក់ដែលបានទទួលនូវការអប់រំអំពីឪពុកម្ដាយ និងលោកគ្រូអ្នកគ្រូ។

ដោយសារភាពឆ្លាតវាងវៃនិងការតស៊ូព្យាយាម ចៅច្រមុះទិព្វ មិន ដែលរាថយ ឬបោះបង់ចោលនូវការសិក្សាឡើយ តាំងពីកុមារភាព រហូតដល់ ចំពេញវ័យ គេក៏ក្លាយជាអ្នកប្រាជ្ញជាន់ខ្ពស់ម្នាក់រូប ដែលមានចិត្តអង់អាចក្លាហាន ធ្វើការ បម្រើប្រទេសជាតិជូនប្រជាពលរដ្ឋ យ៉ាងល្អ និងជាយុវជនគំរូប៉ិឆ្នើមសម្រាប់ប្អូនៗ ជំនាន់ក្រោយ។ ចប់

(ចេះប្រើខ្លួនទាន់ពេលវេលា លាភសុខជាទៅអនាគត)

Story of traditional fairy tale
"The Magic Nose Boy"

Once upon a time, there lived a couple and their beloved son. The couple was very proud of him since he was an only child in their family. The boy was brilliant and obedient to his parents and studied hard. Complimenting the smart boy, his neighbors nicknamed him "Magic Nose Boy" on account of his keen sense of smell.

The news on his extraordinary capability spread to the royal palace. One day, hearing of the news, the king would like to check up on the boy's ability. Thus, the king commanded his servants to bring a barrel of wine inside his palace.

Then, the king ordered his men to bring the magic nose boy to the palace. His servants set off right away and had a lot of rain when they reached the village where the boy lived.

The two servants delivered the king's message to the boy's parents, and then gave the boy a ride on a palanquin in order to bring him to the palace.

On the way to the palace, numerous narrow-mouthed toads cried loudly around fields and forests. At that moment, the boy inadvertently said, "Ying will die, and Ueong will also die."

Upon hearing of his words, the two men felt so scared that they put down the palanquin and begged the boy to spare them. Wondering about the reason of their reaction, the boy guessed that their names might be Ying and Ueong and asked them to tell him why the king commanded them to bring him to the palace. In response, the servants told him the truth that the king would like to test him whether he can smell a barrel of wine inside the palace.

The boy finally arrived at the palace. The king said to the boy, "I heard that you had a sharp sense of smell. Then, make a guess if there are unusual smells nearby." The boy answered that there was a barrel of wine inside the palace. With his eyes wide open, the king said with surprise, "Excellent! Excellent! You are still young but guess the right answer at once." And the king commanded his servants to give the boy a present. The boy was so delighted and came back home right away.

After one week, the king ordered his servants to deliver a message to the magic nose boy that he should be neatly dressed and visit the palace in four days. The servants immediately sent the message to the boy.

The boy was too worried about the king's order to sleep and eat well. With his anxious countenance, the boy muttered to himself, saying, "I only have a few days. If I cannot give a right answer, I might be in a big trouble. In the worst case, I might be executed."

A good idea suddenly popped up in his mind after he mulled over it for a long time. He went to a barbershop and asked a hairdresser to have his hair cut neatly and nicely since he should go to the palace. When the hairdresser cut his hair, the boy abruptly turned his head and got a cut on his nose.

On the next day, the boy wore clean clothes and went to the palace alone. Arriving at the palace, he found many ministers and secretaries as well as the king. The boy made a bow to the king. The king asked him if he can smell something weird there. The boy responded that he hurt his nose and thus he lost his specialty.

The king did not give him any punishment over his mistake. Instead, the king granted the boy money to help his family. The king said, "I will not bother you anymore. But you should study hard and sacrifice yourself for your country when you become an adult."

The magic nose boy was so happy to come back home with impunity. And he studied hard as the king asked him. The boy was well-educated by his parents and teachers, and became an excellent student.

The boy kept studying hard until he reached adulthood. In the end, he became a great intellectual and worked for his country and people with confidence. Hence, the people came to respect him as a great man in history.

(Reflect on yourself at the right moment, and a good luck and happiness will follow in the future.)

캄보디아

- 위치 : 동남아시아 인도차이나반도 남서부
- 수도 : 프놈펜
- 언어 : 크메르어
- 종교 : 불교(96.4%), 이슬람교, 기타
- 정치·의회 형태 : 국왕, 입헌군주제, 양원제

캄보디아는 동남아시아 인도차이나 반도의 남서부에 있는 나라로 2,000년 동안 인도와 중국으로부터의 영향을 흡수하여, 그 흡수한 문명을 다른 동남아시아로 전파하는 중요한 역할을 해왔습니다. 캄보디아의 문화는 과거의 풍부한 유산, 특히 앙코르 사원에서 볼 수 있는 앙코르 시대(802~1432)의 건축과 조각을 통해 전해 내려오고 있습니다. 역사적인 아픔이 큰 나라이지만 "미래를 겁내지 말고 과거 때문에 슬퍼하지 말라"는 격언을 따르며 과거의 문화유산을 통해 관광자원 개발 등 경제성장에 노력하고 있습니다.

다문화 엄마가 직접 만들어서 읽어주는

엄마나라 동화책

아시아 전래동화 전집 (25권)

한국어로 읽는 말레이시아 동화
01 메기 이야기
02 함수초 이야기

한국어로 읽는 몽골 동화
03 고양이는 왜 똥을 숨기게 되었을까?
04 지혜로운 할아버지와 사자

한국어로 읽는 미얀마 동화
05 왜 물소는 윗니가 없을까?
06 마운포와 호랑이

한국어로 읽는 베트남 동화
07 용과 선녀의 후예
08 세 자매

한국어로 읽는 일본 동화
09 데굴데굴 주먹밥
10 은혜 갚은 지장보살

한국어로 읽는 중국동화
11 만리장성의 울음소리
12 엄마를 찾는 올챙이

한국어로 읽는 캄보디아 동화
13 도깨비 바늘 남자
14 신성한 코를 가진 소년

한국어로 읽는 키르기스스탄 동화
15 으슥콜의 전설

한국어로 읽는 태국 동화
16 끄라이텅
17 쌘뽐

한국어로 읽는 필리핀동화
18 나비의 전설
19 망고의 두 얼굴

외국어로 읽는 한국 동화
20 몽골어로 읽는 한국 동화 '평강공주'
21 일본어로 읽는 한국 동화 '덕진다리'
22 중국어로 읽는 한국 동화 '개와 고양이'
23 키르기스스탄어로 읽는 한국 동화 '효녀 심청'

엄마와 자녀가 함께 만든 동화
24 한국어로 읽는 베트남 동화 '반쯤 반짜이'
25 한국어로 읽는 필리핀 동화 '두리안의 전설'

asianhub
(주)아시안허브

다문화 동화책은
다문화 엄마들이 직접 만든
🔍 아시안허브 출판사) 동화책으로 검색해 주세요!

한국어로읽는
캄보디아동화

이 동화책은 서울산업진흥원 유통브랜드
선정위원회가 엄선한 우수상품입니다.

값 6000원
03890

KC마크는 이 제품이
공통안전기준에 적합
하였음을 의미합니다.
9 791186 908327
ISBN 979-11-86908-32-7

다문화
창작동화
일본 편

오카메와 친구들

おかめとなかまたち

Okame and Her Friends

글 아사히 히로꼬

구름너머

작가소개

아사히 히로꼬

일본 출신으로, 어려서부터 다양한 문화와 언어에 대한 관심이 남달랐습니다.

젊은 시절에는 아프리카 코트디부아르에서 선교활동을 하기도 했습니다.

그 후 한국인 남편을 만나 한국에서 5남매의 엄마로, 다문화강사로 살고 있습니다.

다양한 문화를 아이들에게 소개하다 보니 자연스럽게 동화에 관심을 갖게 되었습니다.

내가 쓴 동화로 문화를 소개하는 작가 겸 다문화강사로 꾸준히 여러분을 만나고 싶습니다.

2024년 07월 01일 1판 1쇄 발행

글 아사히 히로꼬

영어 번역 김미주 **일본어 번역** 아사히 히로꼬

감수 최진희(한국어), 사사키 리나(일본어), 이이즈카 사야카(일본어), 이민정(영어), 이종호(영어)

편집 디자인 (주)아시안허브 출판사업부

발행인 최진희 **출판사** (주)아시안허브 **등록** 제2014-3호(2014년 1월 13일)

주소 서울특별시 관악구 신림로 271 3층 **전화** 070-8676-4585 **팩스** 070-7500-3350

홈페이지 http://asianhub.kr **유튜브 채널** 지구촌마을방송 ahTV **이메일** editor@asianhub.kr

ⓒ 아시안허브, 2024 이 책은 무단 전재 또는 복제 행위를 금합니다.

값 7,000원 **ISBN** 979-11-6620-187-5(03830)